Falsche Engel, wahre Liebe?

Coco Uzuki

1

INHALT

Als ich alt genug war ...

... um die Blicke ...

... und die Wörter, die an mich gerichtet waren, zu verstehen ...

... habe ich begriffen ...

... wie ich sein muss, damit mich andere anerkennen.

Ach, übrigens ...

Sie ist noch süßer als Yumi, unser Star aus der Elften!

Hä?

Sag nicht, du hast noch nie von ihr gehört?

Yumi ist zwar auch toll, aber ...

Hast du schon die Traumfrau unter den neuen Schülerinnen gesehen?

Wen meinst du?

Ihr Spitzname ist deswegen auch »Amors Engel«!

Ich hab gehört, ein einziger Blick von ihr trifft einen mitten ins Herz!

Du weißt aber gut Bescheid!

Ich will auch von ihrem Blick getroffen werden!

* Hintergrundrecherche mit Genehmigung der Senshin-Oberschule.

Alles okay?

Hm ja ...

Echt kein Ding!

Uns geht's gut, also ...

Tapp

...

Ja ...!

Er sieht wirklich gut aus ...

Ich hatte ihn gerade aus dem Ordner genommen, als ein Windstoß ihn mir aus der Hand gerissen hat!

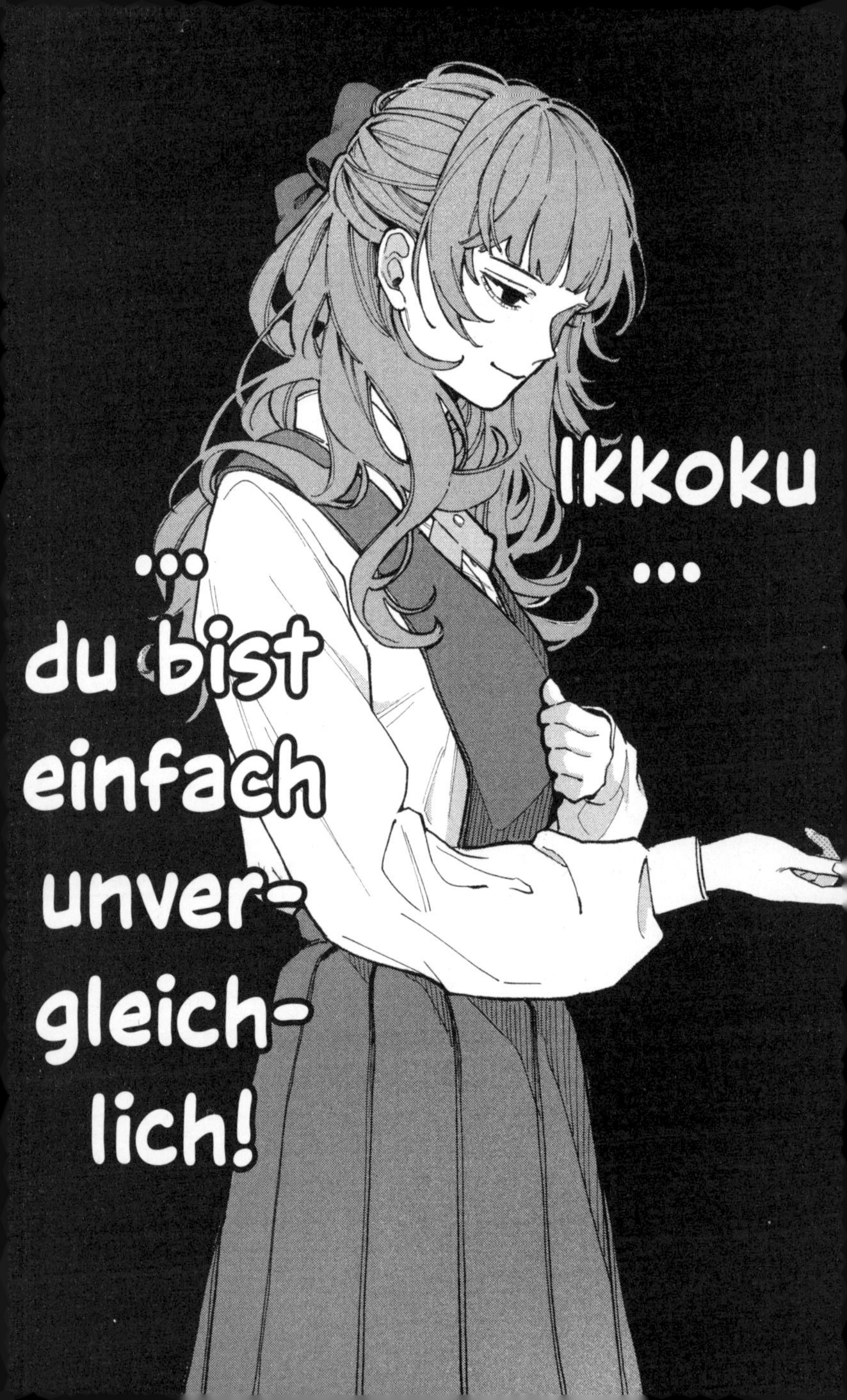
Ikkoku
...
...
du bist
einfach
unver-
gleich-
lich!

Das
...

... hab ich in dem Moment gedacht.

Heißt er nicht eigent- lich anders?

Und ... ... warum dann »Ikkoku«?

Ja!

Toki Ninomae

Ja! Ist sein Name nicht Toki Ninomae?

Daran hältst du dich auf?

...

Und seitdem ... ... nenne ich ihn innerlich immer so!

Ist das sein Vorname?

Ikkoku ...?

Ach ...

... als ich seinen Namen das erste Mal gelesen habe, dachte ich, der wird so ausge-sprochen!*

* Japanische Namen haben unterschiedliche Lesungen, die auch für Muttersprachler nicht immer eindeutig sind.

Aber ...

Bist du in ihn verliebt?

... wen inte-ressiert das!

Ich meine, er wäre für mich, Otogi Katsura, als schönes und perfektes Mädchen ...

... der ideale erste Freund!

Jetzt tritt wieder ihr Narzissmus zutage ...

Wie findest du ihn?

Und ...

... wie ist er in echt?

Na ja
...

...er hätte jedem in der gleichen Situation ein Pflaster gegeben.

Ich glaube ...

...er behandelt mich, im positiven Sinne, nicht anders als die anderen.

Nenn mich ...

... nicht so!

Selbst du als Amors Engel ...

...kommst also mit jemandem wie Ikkoku nicht auf Anhieb klar.

...

Amors Engel ...

Nenn mich nicht so!!

Schreck

... vielen Dank!

Ja ...

Ist dir der Milchtee recht, den du neulich hattest?

So monotone Tätigkeiten sind ganz schön ermüdend!

Ich kauf uns mal was zu trinken!

Tock
コツ

Sssrt

Mach derweil ruhig Pause!

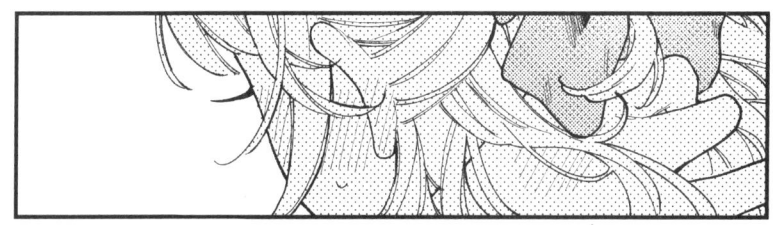

Normalerweise ist es doch umgekehrt.

Wieso lass ich mich von dem so umhauen?

... und wird von den anderen entsprechend behandelt.

Vielleicht gibt er sich, wie ich, nicht die Blöße, ist perfekt ...

Verflixt!

Hat der denn keine Schwächen?

So ...

... wie ich ...

Otogi!

Hier,
bitte
sehr!

Und wenn er,
wie ich, eine
dunkle Seite
hat?

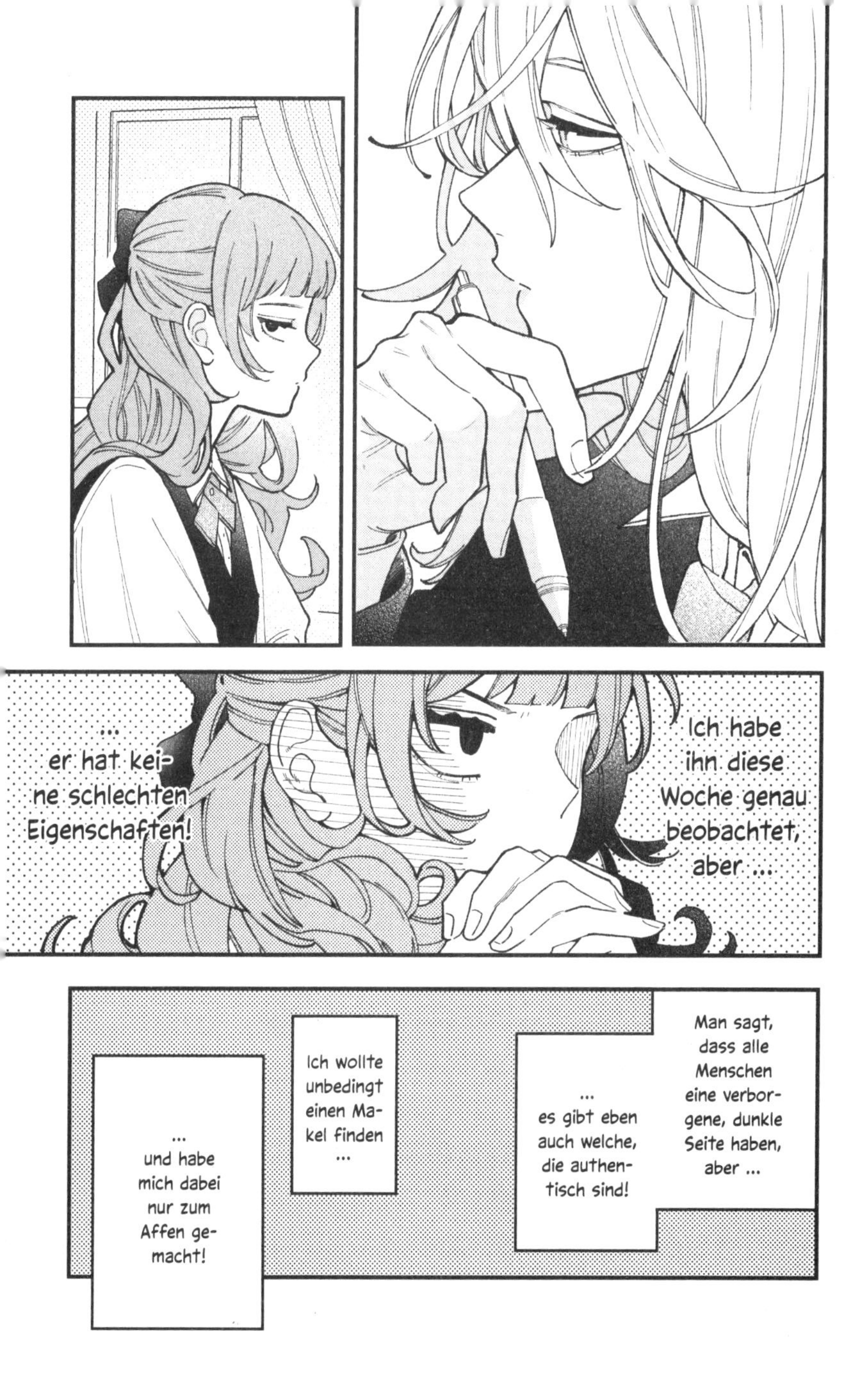

... er hat keine schlechten Eigenschaften!

Ich habe ihn diese Woche genau beobachtet, aber ...

... und habe mich dabei nur zum Affen gemacht!

Ich wollte unbedingt einen Makel finden ...

... es gibt eben auch welche, die authentisch sind!

Man sagt, dass alle Menschen eine verborgene, dunkle Seite haben, aber ...

... keine Tablette dabei!

Ich hab ...

Warum müssen die ausgerechnet jetzt so heftig sein, wo ich nichts dabei-habe?

Ich kann mich vor Schmerzen kaum bewegen.

Otogi!

Oh nein ...

Ich bin ein-geschla-fen.

...

Huch?

Darf ich dich zum Bahnhof begleiten?

Ja, gerne!

Er ist ...

... die ganze Zeit bei mir geblieben.

Oh!

Du bist wach!

Da bin ich froh!

Wie geht's dir?

Viel besser!

Wo musst du aussteigen?

Dann wohnst du ja ziemlich nah bei mir!

Echt?

Ah, also eine Station vor mir.

In Amakuni-bashi.

Na, so was!

Hi hi ... Stimmt!

Lange nicht gesehen!

Erinnerst du dich an mich?

Wer ist das?!

...

Ey, du bist aber echt so hübsch, dass ich das Zittern kriege!

Hä?

Kya ha ha!

Siehst du! Hab doch gesagt, dass das nicht klappt!

Ähm, ich glaube, du verwechselst mich!

Sorry, er ist betrunken und hört einfach nicht auf uns!

Zisch

D...

Der etwa... ...auch?

Ratter
Ratter

Puh...

...die Bahn ist genau im richtigen Moment gekommen!

W...

Wer bist du eigentlich?

...

Jetzt sind wir Kompli- zen!

... jetzt mich?!

... trifft der Liebespfeil ...

Falsche Engel,
wahre **Liebe**?

Man könnte meinen, das gestern war ein Trugbild ...

... so normal, wie er sich benimmt!

10a

Na ja, in der Schule wird er wohl kaum sein wahres Gesicht zeigen ...

Aber vielleicht wird er mir irgendein ...

... Zeichen ge- ben, das nur ich verstehe?

Konferenzraum

Otogi ...

... setz dich bitte.

Äh ... Okay.

Wir sind allein in einem ge-schlossenen Raum.

Niemand kann uns sehen.

...

Sag schon, worum geht es denn?

Bitte entschuldigt die Verspätung!

?

Ploff

?

?

Gut.

...?

Kein Problem!

Bitte setz dich.

Vielen Dank.

Worum geht's?

Vielen Dank.

Ah ...

Dann lasst uns anfangen.

Sie hat gestern ...

... mit einer Freundin bei mir Rat gesucht.

Du hast keine Ahnung, worum es geht, nicht wahr?

Wird das ein Vorstellungsgespräch?

Nick

Du kennst sie vermutlich schon.

Das ist Mori aus unserer Klasse.

Nick

Sie hat gesagt, dass sie von Herrn Seki sexuell belästigt wird.

Tut mir leid, dass wir ...

... uns extra hier treffen mussten, aber im Klassenzimmer kann sie schlecht darüber reden.

Ja
...

Was ...?

Meinst du unseren Japanischlehrer ... Herrn Seki, der bei den Schülern so beliebt ist?

... zu spät abgegeben hatte.

... dass ich meine Hausaufgaben ...

Es fing damit an ...

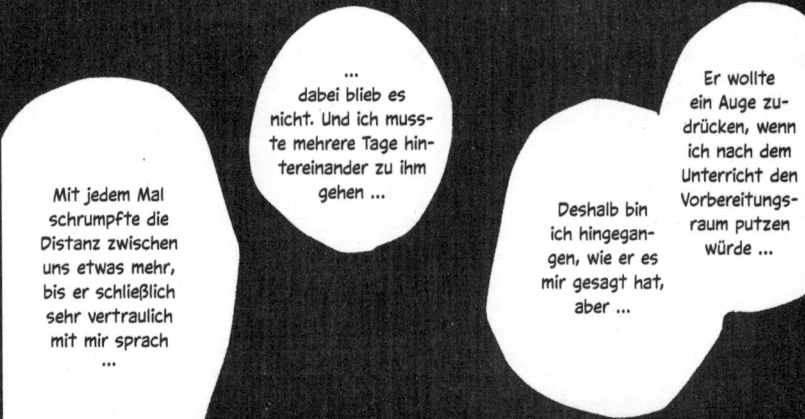

Mit jedem Mal schrumpfte die Distanz zwischen uns etwas mehr, bis er schließlich sehr vertraulich mit mir sprach ...

... dabei blieb es nicht. Und ich musste mehrere Tage hintereinander zu ihm gehen ...

Deshalb bin ich hingegangen, wie er es mir gesagt hat, aber ...

Er wollte ein Auge zudrücken, wenn ich nach dem Unterricht den Vorbereitungsraum putzen würde ...

Nein ... Dan- ke dir, dass du uns das anvertraut hast!

Vie...

Schluchz

...len
...

... Dank!

... wie bitte?

Äh ...

Nach außen hin spielt er den guten Lehrer ...

... und wenn keiner guckt, schnappt er sich schüch- terne Mädchen und lebt seine Begierden aus?

Wenn das sein wahres Gesicht ist, dann ...

...ist er ein widerlicher Scheißkerl!

Bitte überlasst das mir!

Geht's dir wieder gut?
J... Ja.
Dank deiner Hilfe.
Da bin ich aber froh!
Na ja, aber ... pass trotzdem gut auf dich auf!
Ich werde ...
... allein mit ihm reden!

Einen schönen Tag noch!

Toki.

Ähm ...

... war das nicht eine etwas plumpe Vorgehensweise?

Ah!

Otogi!

...Dringenderes zu tun!

Egal, ich hab jetzt ...

Flapp
パラ...

Lieber Herr Seki.
Ich würde mich freuen, wenn Sie
meinen Brief lesen würden.

...

Tapp

Tapp

Entschuldi-
gen Sie, dass
Sie warten
mussten.

Ach
was
...

Das Aufnahmegerät
in meiner Tasche ist
eingeschaltet und
jetzt wird er mir so
verfallen, dass er
sich selbst verrät!

Pff ... Er ist
ganz hin und weg.
Läuft doch super ...
Ein betrogener Ehe-
mann würde mich glatt
engagieren, um den
Liebhaber seiner Frau
zu überführen.

Ich freue
mich so,
dass ich
Sie auch
außerhalb
der Schu-
le sehen
kann!

Hach
...

Ähm.
Sie ...

... haben
also mei-
nen Brief
gelesen!

W... Was machst ... ... du hier?!

Bin- go!

... bist doch Toki, oder?

D... Du ...

Ikkoku ...

Oh Mann ...

Sie sollten lieber keine Selbstge- spräche mehr füh- ren!

Ich kann Sonntag kaum er- warten ...

Ach so ... Otogi steht also auch auf mich ...

Ich hab ein Handy bei Ih- nen platziert, das alles auf- genommen hat ...

Ihre Stimme ist unverkenn- bar, Herr Seki!

Piep

Hat er das etwa neulich ...?

Hrrgh!

... für deine Hilfe!

Danke ...

Für mich? Danke!

PLOFF

Echt?

Ist mein Dankeschön!

Schon gut!

Hab leider gerade kein Geld dabei ...

Ah, wie wär's stattdessen ...

... mit einer Umarmung?

Um das Geschehene zu überschreiben!

Sei nicht gleich sauer! War nur 'n Witz, alles gut!

Komm schon!

Dabei warst lu mir gerade in bisschen mpathisch eworden ...

Bist du bescheuert? Was glaubst du, wen du vor dir hast?

Hey!

... Herrn Seki dein wahres Gesicht gezeigt zu haben?

Hi hi

Übrigens ... bereust du es nicht ...

Nö.

Da muss-te ich ein-greifen!

Du warst ja kurz davor, zu explodieren!

Was?

... soll bitte ...

... Otogi Katsura ...

Die wahre und faszinie-rende ...

... außer mir keiner zu Gesicht be-kommen!

Uwah!

Du kannst einem Angst machen!

Oh ...

Genau das meinte ich!

... kannst du ruhig nett zu mir sein!

Wo wir uns schon ...

... einander offenbart haben ...

Das ist aber nicht nett!

Schnauze!

... kriegt man ihn schließlich nicht mehr raus!

Wenn einen Amors Pfeil einmal getroffen hat ...

In letz- ter Zeit ...

... ich selbst.

... bin ich irgendwie nicht mehr so ganz ...

Du bist ausge- brannt!

Falsche Engel, wahre Liebe?

... die unbeug- same und unerreich- bare Traum- frau!

Eigentlich bin ich doch ...

Wieso lasse ich mich ...

... trotzdem von ihm so an der Nase herum- führen?

Das liegt natürlich an ...

Mjam もっ Mjam しゃ もっ しゃ Mjam

Mist, ertappt!

Ja?

Hah ...

Otogi!

Ich bin dir wirklich dankbar, dass du das für mich getan hast!

Es war ein ziemlicher Stress, oder?

Nein, nein ...

Du wirkst erschöpft ...

Wupp

Wupp

Oh, du bist's, Mori!

Ähm ... Geht es dir gut?

... und der Gedanke, dass du von jetzt an deinen Schulalltag genießen kannst ...

... macht mich einfach nur froh!

Mach dir um mich keine Sorgen!

Dank Toki ist Herr Seki jetzt jedenfalls nicht mehr da ...

... selbstlos!

Schluchz

Schnief

Wie ...

...!

Piep

Huch ...?

Milk tea

Hier öffnen

Mit Milch aus Japan

Was?

Der Milchtee ist der Dank für neulich. Hättest du Zeit und Lust, dich diesen Samstag mit mir zum Tee zu treffen? Bitte antworte mir per Mail.

ni............22@gmeil.com

Toki Ninomae

... hab ich gesagt!!

Löschen ...

... bin ich doch hier!

Jetzt ...

Hat er sich auch alles gut überlegt?

Hi!

Jetzt stehe ich hier vor verschlossener Tür.

CLOSED

Danach kam seine Antwort und wir haben verabredet, uns zu treffen.

Ich kenne ein gutes Café. Ich schicke dir einen Link mit der Adresse.

cupid

Warte!

Jetzt
...

Du stellst
aber viele
Fragen ...
Jetzt setz
dich erst
mal!

スト
 DOMP
！！

Hey!

...
hast du
etwa einen
Undercut?!

...
verrat mir
mal, warum du
wie ein Kellner
angezogen bist!
Und überhaupt
...

Ich kapier nicht, was hier los ist ...

Klack

Willkommen!

Er und Gen Shirahane sind, seit sie klein sind ...

... dieses Café gehört Gens Eltern.

Meistens kümmert sich anscheinend ...

... Gen darum.

... befreundet und ...

Genau!

... kommst ab und zu her, um auszuhelfen?

Und du ...

Superlecker, oder?

Schluck
ゴク
!

Aha ...

ゴクン

ドキュ

Badumm

Hmm ...
Ich bestell
mir auch was
zu trinken.

Gen, einen
Caffè Latte
bitte!

Kommt
sofort!

Sag mal ...
Warum hast
du so einen ge-
wagten Haar-
schnitt?

Ähem

Weil's
cool
ist!

...

...

Was für
ein Foto
...?

Warte! Ich
hab vielleicht
ein Foto!

Ah!

Ach so,
Euer Gna-
den ...

Rumpel

Und?

Megacool, oder?

Ge...?!

Gen!

...

Das ist ...

?

Dieser Gen?!

Oje ... Ist mir das peinlich!

Ha ha ha ...

Hä? Worum geht's?

...

Hey!!

Dieses Foto ...!

Wie ...?

Ist dir das Foto nicht auch peinlich, Toki?

Unglaublich, wie sich Menschen verändern können ...

Nö, eigentlich nicht ...

... etwa ...?

Ist das ...

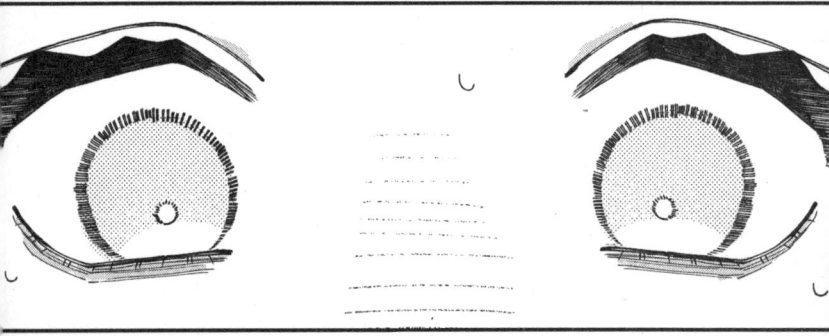

Der kleine IKKOKU?!

Wie
süüüüüß!

♡

Bitte?

Das bin ich
doch immer
noch!

...

Hm
...

Als Kind
warst du
aber wirk-
lich süß!

Nein ...
gar nicht!

Er
wurde
früher oft
für ein Mäd-
chen ge-
halten.

Hm ...
Aber ...

Auch wenn
du sehr an
mir hingst,
verstehe ich
nicht ...

...
wieso du dir
den gleichen
Haarschnitt
zulegst wie
ich in meiner
schlimmen
Phase.

Du hattest ...

... keine schlimme Phase, Gen!

Darüber zu urteilen, steht mir ja wohl zu!

Nö ... Ich bestimme das jetzt!

Wie- so?!

Irgendwie ...

... wie ein kleiner Junge.

...
wirkt Ikkoku, wenn er ...

... mit Gen spricht ...

Er hat auch unerwartet ...

... niedliche Seiten.

**Eine Lie-
ferung
für Sie!**

Kein
Problem!!

Danke,
Kumpel!
Ist hand-
schriftlich
okay?

Klar!

Ah
...

Ich kann
gerade nicht,
könntest du
das überneh-
men, Toki?

Am
...

... Telefon?

Also
weißt du
...

Ich war
am Tele-
fon schon
überrascht,
aber ...

...
ich hätte nie
gedacht, dass
er so ein hüb-
sches Mädchen
mitbringt!

... und dann meinte er, es gebe da jemanden, den er mir vorstellen wolle ...

Ja! Ich ...

... hatte mich schon gewundert, wieso er plötzlich anruft ...

Anruf von Toki

Auf meine Frage hin, was für ein Mädchen es denn sei, fasste er es mit den Worten ...

»Sie ist die Erste, bei der ich mich fallen lassen kann!«

... zusammen.

Was bitte
...

... will
er damit
sagen?

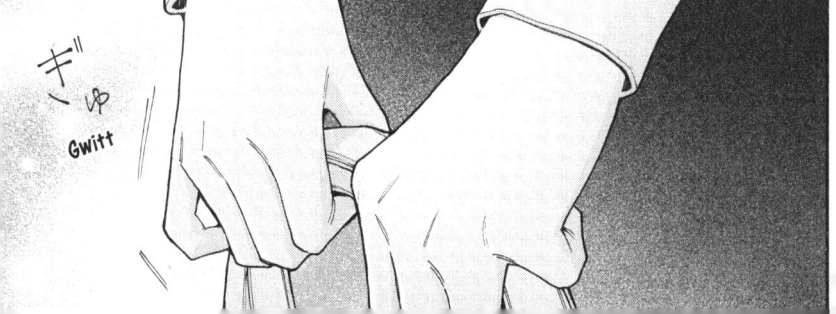

パっ
FWUPP

Das war
knapp!

Und
dann,
weißt
du ...

Es fühlt
sich absolut
so an, als ob
ich ...

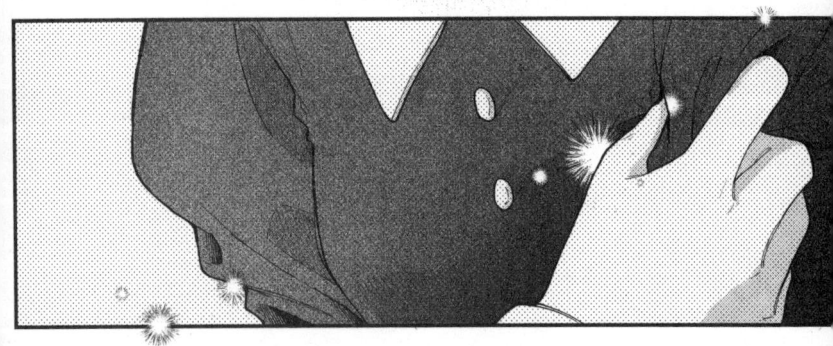

Das ist
also Liebe?

Vorsicht an
den Türen bei
der Abfahrt
des Zuges!

Falsche Engel,
wahre **Liebe**?

Aber ich treffe ihn zum ersten Mal auf dem Schulweg!

Ach ja, er meinte, er wohnt eine Station vor mir!

Was macht er hier?!

Versteck

Hey, bist du in der Verliebtheitsphase?

Nein!

Hä?

Was ist denn los?

Hey!

Ist das nicht der ehrenwerte Ikkoku?

Ui?

Deswegen sei bitte leise!

Du verstehst doch sicher, dass es mir unangenehm ist, ihm außerhalb der Schule zu begegnen?

Dir ist schon klar, dass dein Gesichtsausdruck nicht zu deiner Stimmlage passt, oder?

Hör mal, Beni ...

Hi!

Mist!

Wie reagier ich jetzt?

Ding
チーン

Man lacht niemanden aus, der einen grüßt!

Lacht er?

Hey, Moment mal! Ich fass es nicht!

Ich bin so lahm ...

Talisman

Ume Minazuki

Edition Literaturp...

Hi!

Hat der ehrenwerte Ikkoku uns bemerkt?

Ja ...

Ruck コゾ…

Sorry, das war der drei-fache Su-pernieser.

Pffaah

Irgendwie ...

Wie?

Wir müssen nicht den Waggon wechseln!

Was?

Ich verzeih dir!

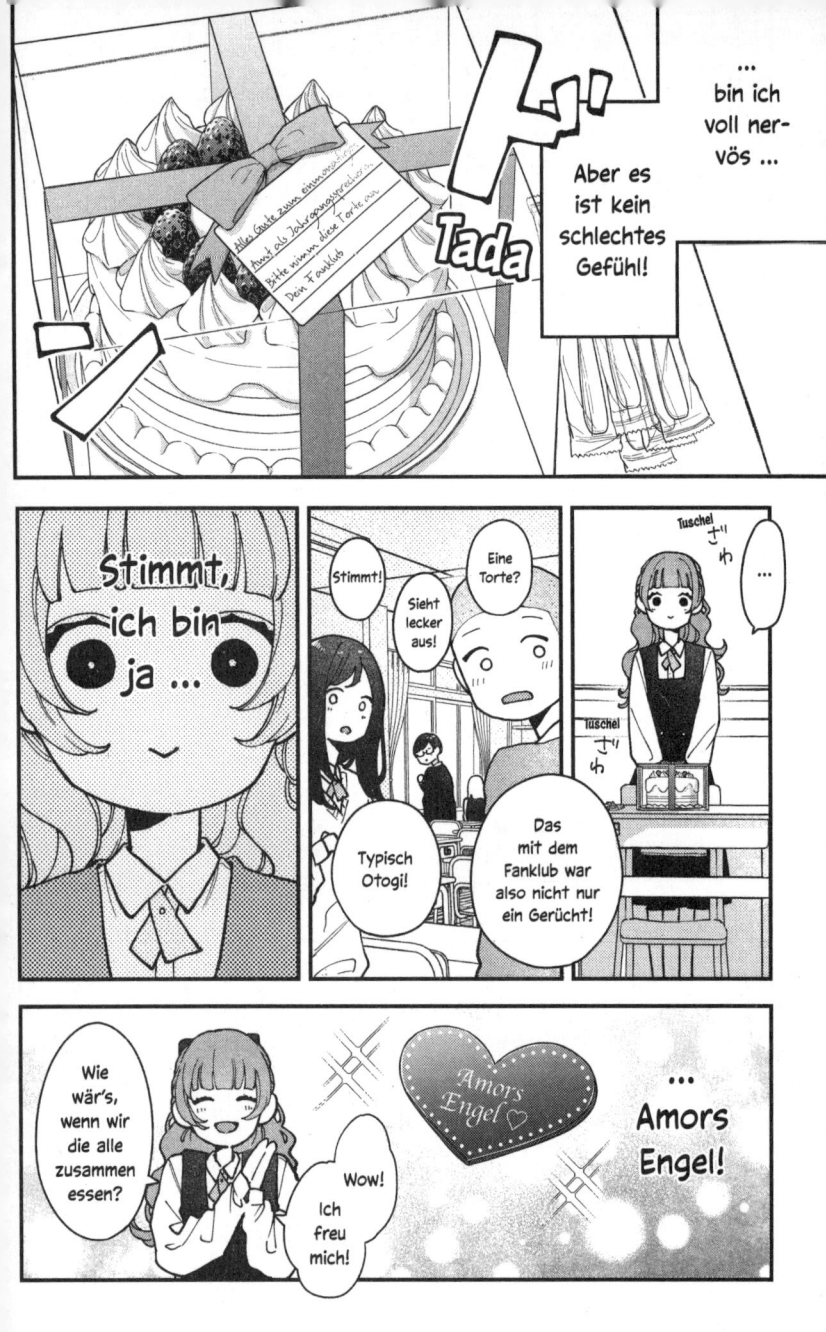

Die ist mega! Gibt's in dem Fanklub vielleicht eine Konditorin?

Wow!

Schmeckt echt total lecker, oder?

Lecker ♥

Spontane Tortenparty der Frühaufsteher

Badumm

Äh ... Ja!

Natürlich!

Eine Torte!

Darf ich auch etwas abhaben?

Ich will ...

... als Amors Engel ...

Stimmt!

Hab ich mich erschreckt!

Wieso krieg ich selbst beim Fake-Ikkoku Herzklopfen?

Nicht aufregen! Das ist alles nur Berechnung!

Symptome: Herzklopfen und Atemnot

Hah Hah Badumm バク・・・

Hm ...

Schmeckt echt total lecker!

Ich darf mich nicht dauernd von ihm beeinflussen lassen!

Ähm ...

Ich muss was dagegen tun!

... der Jahrgangssprecher.

Nun zum Orientierungscamp ...

... muss allen klarmachen, dass ich ein perfektes und wunderschönes Mädchen bin!

Ja!

Ich ...

ガッ タ
Sst

Ich hab den falschen Zettel dabei!

...

Flapp

... beginnen wir mit ...

Wie ...

... war noch mal das Programm?

Ähm ...

Zuerst ...

Krrt

Ich schreibe Protokoll und stehe an der Tafel!

Ah ...

Ja, danke!

Jubel

Tauschen wir unsere Ideen für das Pausenspiel aus ...

Ich hab eine Idee!

Wie wär's mit Bingo!

... und entscheiden zum Schluss per Abstimmung!

Plapper

Plappper

Was gibt's, Otogi?

Toki!

Ah ...

... wollte mich für eben beda...

Äh ...

Ähm ...

Ich ...

!

PLOPP

D...
Der ist doch ...
... in unserer Klasse und heißt ...
Wiiie?
Nene Ootori!
Dafür, dass wir Klassenkameraden sind, bist du aber distanziert, Otogi!
Nenn mich Nene!
Wie?
Er ist so nah ...!
Aus der Nähe betrachtet ...
Wow!
... bist du ja noch tausendmal hübscher!

Sag mal,
Otogi
...

...
bist du in
Toki ver-
liebt?

Bitte
was?!

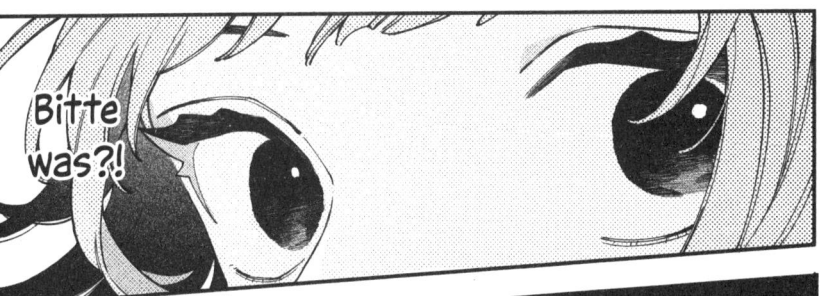

Moment
...

... was
zum ...?

Könnte
es sein
...

...
dass er nur so
tut, als hätte er
keinen Durchblick,
aber in Wirklichkeit
den Nagel auf den
Kopf trifft?

I...

Badumm

Badumm

Badumm

Ich respektiere ihn.

Echt jetzt?

Ich dachte, alle stehen auf Toki!

Aber du bist eben nicht wie alle anderen!

Ich lasse mir jetzt auch die Haare wachsen.

Da bist du ja!

Das gleiche Gesicht!

D...

... mein Zwillingsbruder ...

... aus der Parallelklasse ...

Otogi, das ist Nono ...

Sssst

Nick

Wah!

Nono!

Gwapp

Weg ist er!

...wurde ptransortiert.

Stummer überraschungslaut, weil sie in der Schule sind.

(Wo kommst du auf einmal her?!)

Der Lehrer wollte was von mir und ich bin heimlich weggegangen.

Würdest du mir dabei helfen?

Er hat mir ein bisschen was aufge- tragen.

Okay!

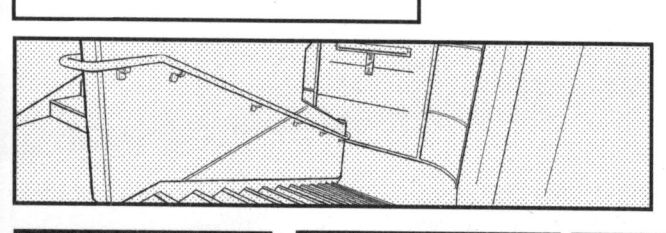

Sollten wir das nur hier abstellen?

Dafür braucht er mich doch nicht!

Sag mal ...

Ge- schafft!

Was?

So!

10

Wink

Plumps

ストンッ

Hi hi
...

...

Ah ...

Danke, dass du mir vorhin ... ge- holfen hast!

Wir wurden ja eben unter- brochen, aber ...

... du woll- test mir doch was sagen?

Hey, was lachst du?

Das war ...

Hi hi

Hi hi

Das war alles.

Ah ...

Sag mal ...

... bist du eigentlich mit Nene befreun- det?

Tada

Na ja, du hast so voller Über- zeugung den Rundbrief ...

... von der Krankenstation auseinan- dergefaltet ... Pfft!

War das echt kein Gag?

Nein, war es nicht!

Er hat dich als tollsten Typen auf Erden kategorisiert, also musst du wohl warten, bis er jemanden trifft, den er noch cooler findet.

Ich frag mich, wie lange er das durchziehen will.

Nöö ...

Er hängt sich in letzter Zeit immer so komisch an mich dran.

... das auch über mich?

Denkst du ...

Als tollster Mensch auf Erden also ...

Hä?

Die tollste Frau auf Erden bin ich!

... Frau der Welt!

... die schöns-te und süßeste ...

Ich bin auf jeden Fall ...

... in Sachen Coolness kann ich dir nicht das Wasser reichen!

Hm ... stimmt ...

Aber Nene ...

... hat ja die Coolness als Kriterium für seine Wahl ge-nommen ...

Ich kann ziemlich hartnä-ckig sein!

Ich streng mich auch an!

Wie wird man cool?

Nee
...

... tut mir leid!

Hey, was gibt's da schon wieder zu lachen?

Du bist doch ...

... schon ...

... sehr cool!

Lach-krampf

Findest du?

A... Ach ja?

Ikkoku!

Wenn du sie so hinters Ohr steckst ...

... sieht man deinen Under-cut und deine Ohrlöcher!*

ピ" FWUPP

ピ ミ

FWUPP

Deine Haare!

Deine Haare!

* In vielen japanischen Schulen verstoßen Ohrlöcher und bestimmte Frisuren gegen die Schulordnung.

Hm?

Ich hab mich ver- plappert!

Ah!!

... als ich deinen Namen das erste Mal gelesen habe ...

Ah ...

... dachte ich, dass man ihn so ausspricht ...

... und seitdem nenne ich dich ab und zu in Gedanken so. Könnte man sagen ... Ha ha ...

Weil ich ihn immer in Gedanken so genannt habe, ist es mir so rausgerutscht ...

Ja, bis morgen!

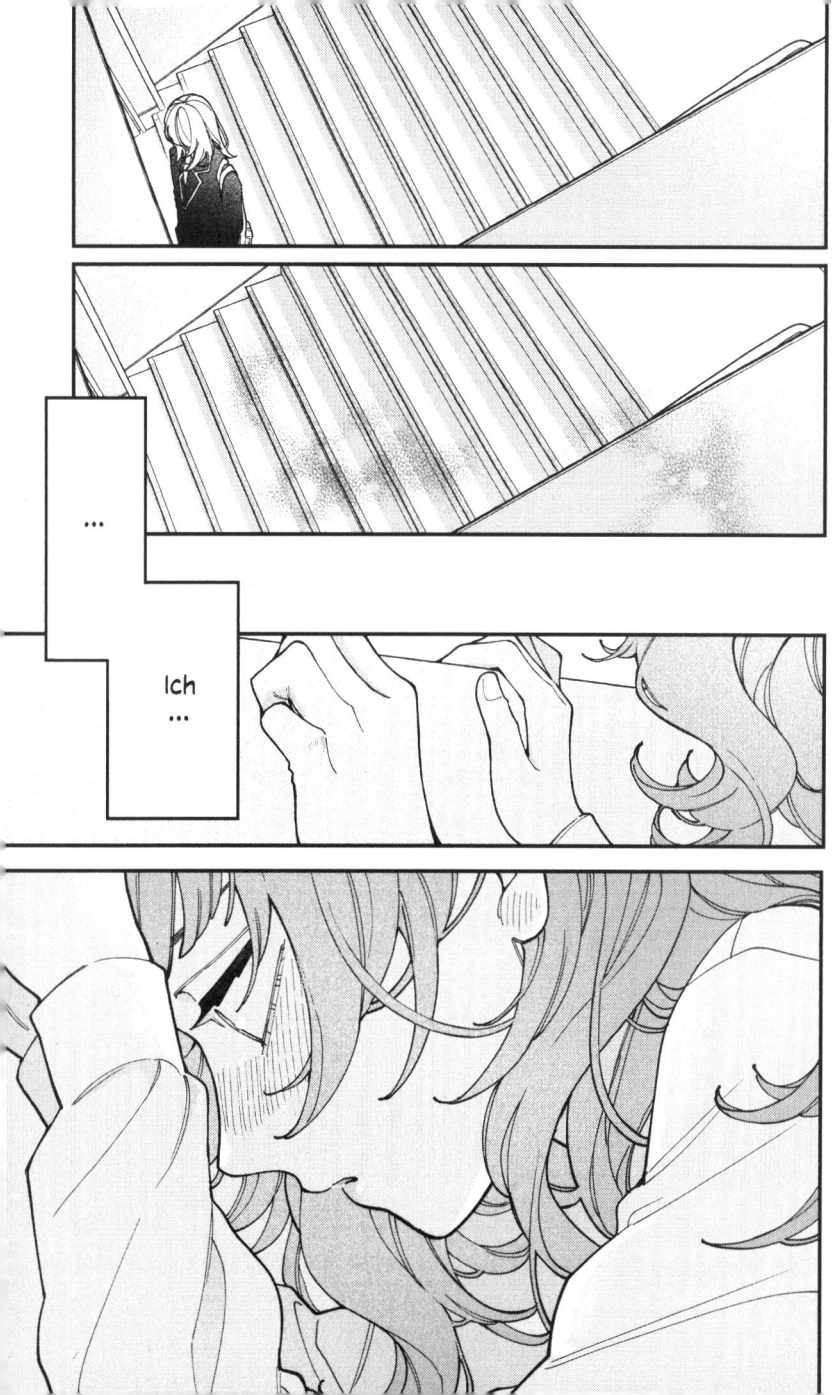

... hab's schon kapiert!

Das ist ...

Orientierungscamp

... also Liebe!

Fortsetzung in Band 2

Nachwort

Vielen herzlichen Dank, dass ihr Band 1 von
Falsche Engel, wahre Liebe? gelesen habt.

Da es meine erste mehrbändige Reihe ist,
bin ich ein bisschen aufgeregt, aber ich hoffe, dass mir
die Arbeit auch in Zukunft Spaß machen wird. Ich würde mich
freuen, wenn wir uns in Band 2 wiedersehen.

Special Thanks

An meinen Redakteur Shiigeru   An alle, die am Manuskript mitgearbeitet haben

An das Team von spica works   Chisa Aoyama

An das Josei-Manga-Redaktionsteam   Tsuyu Aoi

An das Team des Kohei Nawata Design Office   An die Senshin-Oberschule

An alle meine Leser

Coco Uzuki

altraverse

Deutsche Ausgabe / German Edition
Altraverse GmbH – Hamburg 2024
Aus dem Japanischen von Constanze Thede

Koi seyo Mayakashi Tenshi domo
© 2023 Coco Uzuki. All rights reserved.
First published in Japan in 2023 by Kodansha Inc., Tokyo.
Publication rights for this German edition arranged
through Kodansha Ltd., Tokyo.

Redaktion: Denise Cho
Herstellung: Katharina Kaven
Lettering: Vibrant Publishing Studio

Druck: Nørhaven A/S, Viborg
Printed in Denmark

ISBN 978-3-7539-2382-6
1. Auflage 2024

www.altraverse.de